SABRINA DALBELO

AB CENA

COLEÇÃO QUEM DERA O SANGUE
HECATOMBE
2023

HECATOMBE

HECATOMBE

rua do caju, 478
jardim das cerejeiras
cotia — sp
06724-015
brasil

rua dr. manuel pacheco nobre, 128,
5 esquerdo
2830-080
barreiro (setúbal)
portugal

[+351] 928053619
[55] 19 9 82411532

www.editoraurutau.com

SUMÁRIO

Ab significa *de, desde,* em latim.

Cena é o lugar onde uma ação acontece. É uma manifestação, uma aparição, um vislumbre.

***Ab* cena** é o registro do momento de uma mulher, entendida aqui como todas e qualquer uma. São pequenos flagrantes obscenos, sob o ponto de vista literal, conceitual ou preconceitual, que revelam o cotidiano, possível, imaginário ou poético.

Afasta-se a cortina, e a mulher acontece.

Uma mulher a quem alguém um dia chamou Mãe atravessa a planície num trono atrelado a uma parelha de leões.

MATILDE CAMPILHO
(*Flecha*, ed. 34)

O momento
é um monumento

ADÍLIA LOPES
(*Aqui estão as minhas contas*, ed. Bazar do Tempo)

Para as mulheres a que assisti da plateia:
bisavó, vós, tantas tias, primas, sobrinhas,
minha mãe, minha irmã, minha filha.

E para as mulheres que admiro, que conheço, que vi ao vivo ou em uma notícia, sobre quem li em um livro, ou de quem ouvi falar dias desses.

A mulher que entra e a mulher que sai de cena

Apesar de não conhecer a Sabrina ao vivo e em cores, em carne e osso, sinto que já nos cruzámos por aí. Talvez até noutra vida, quem sabe. Quando o encaixe se atravessa à nossa frente pelos versos, pelos poemas, pelas palavras, há um contágio muito grande e profundo que quebra todo tipo de barreira ou muralha. Quebra até um oceano e um continente em separação.

A língua que partilhamos, com as suas particularidades e diferenças, aproxima-nos inequivocamente. Isso e o facto de ambas sermos mulheres e de, por isso, a nossa visão ser parte de um universo comum, cheio de meandros e de rios que correm velozes.

Naturalmente senti uma honra enorme ao acolher umas palavras sobre o que li, uma espécie de abraço que atravessa paredes e demora tanto quanto necessário.

Ambas procuramos na poesia algum tipo de resposta que permita à nossa voz a sua existência plena. Nos versos da Sabrina não existem limites, pelo menos não os encontrei.

Nos seus poemas, as mulheres ocupam os espaços e os tempos. Espalham-se, espelham-se sem temor.

As mulheres são como uma seiva que em tudo toca, e nesses cenários possíveis e impossíveis, com uma "mulher" dentro, há um entendimento universal: já ouvi, já vi, já senti assim. Já ouvi falar. Já sei como é. Reconheço essa alegria, reconheço essa dor. Identifico esses códigos, esses esconderijos, esses obstáculos. O que significa ser-se "obscena"? O que significam as dores de parto, o que significa o parto? O que significa ser-se mulher?

Pela escrita da Sabrina, aqui uma mulher-poeta ou uma poeta-mulher — nunca se sabe bem o que nasceu primeiro —, há um testemunho em nome de muitas outras mulheres, umas já nasceram, outras não. E essa sua voz é preciosa para que os tempos vindouros reconheçam a sagacidade de todas nós, de todos nós.

Não temos de ter receio dos nomes, dos conceitos. Não temos de ter medo de considerar estes versos feministas. Só quem é verdadeiramente preconceituoso, ignorante e com tempo livre para não temer tem preguiça de instruir-se e poderá desdenhar o feminismo. Quem o compreende bem sabe que nada há a temer. É uma resposta a vários males, não é uma segregação.

Depois de Eva estamos aqui, todas nós, para publicar livros, para fintar o que foi tomado como pecado, para chegar a todos os cantos do mundo com o nosso corpo, as nossas mãos, a nossa voz por mil bocas. As mulheres depois de Eva e as mulheres como semente, para lá do que Simone de Beauvoir reflectiu sobre esse significado, reinventam-se diariamente, contornam as dores que herdaram, alcançam metas desconhecidas e abraços que duram horas. Também é pela ternura que se faz a luta.

As mulheres jovens, as de maior idade, as que nem puderam respirar, as que já há muito não respiram, todas essas estão aqui contempladas, pelo pulso firme da Sabrina, pela sua delicadeza e a sua arma contra todos os medos: o de dizer que estamos aqui e existimos e viemos para permanecer.

> *Uma mulher jaz ainda jovem, e sobre seu túmulo*
> *ressecam as mesmas rosas vermelhas que ganhava*
> *no dia da mulher.*

A percepção do "outro" sobre quem somos, como somos, o que o nosso corpo transmite sem falarmos ou a visão sobre a nossa condição passa sempre por um preconceito de leitura física, como se o nosso corpo fosse uma sentença, como se tudo se misturasse sem critério, o sexo, o género, a sexualidade, a anatomia, e nada nos pertencesse mais.

Uma mulher dirige um caminhão articulado, e alguém se refere a ela como cara.

Gosto, e agradeço particularmente à Sabrina por estar a reivindicar esses lugares e a destruir essas amarras tão nocivas. É que ser mulher é realmente maravilhoso. É uma sorte, um privilégio. A mulher real e a mulher fantástica, ambas têm poderes mágicos, das sereias às ninfas, às guerreiras, às místicas e às cépticas.

Todas as mulheres de quem ouvimos falar e de quem não ouvimos falar. As que são mães e as que não são mães, mas são filhas. As que não são filhas. As que não são esposas. As que são mulheres, apenas, e isso já é tanto. As que ostentam longos fios de cabelo e as que não contam nada na nuca: todas habitam aqui, nestes poemas firmes e seguros de si.

Uma mulher salta no rio e nada com seus ancestrais.

A Sabrina testemunha esse vínculo afiado entre o que querem para as mulheres e o que as mulheres querem para si, o que nem sempre coincide, claro está. Nisso, a mulher pode ser a sua melhor companhia, pode realmente mergulhar nesse veio que cola os pedacinhos da sociedade como a conhecemos. Pode permitir-se a uma força ímpar conectada a uma vulnerabilidade sem precedentes. O que importa é que consiga respirar, que consiga, sempre, respirar. Que consiga viver em pleno, com as suas decisões, os seus poemas, os seus passos.

Muitas já caíram, ao longo de décadas de existência, e há ainda muito trabalho a fazer. Lady Gaga já quebrou o espartilho, Virginia Woolf já encontrou um quarto que fosse seu, a Sabrina desbloqueia esses constrangimentos e, delicada e certeiramente, cresce e engrandece o seu tom.

> *De um universo paralelo, uma mulher assiste a ela mesma acordar e repara na sombra do seu corpo.*

O lugar da mulher não é na cozinha, é onde ela quiser. Temos de o repetir vezes sem conta, porque para se mudar o mundo é preciso dizer-se tudo muitas vezes, muitas e muitas vezes, em muitos lugares, até que grude. Tem sido assim desde o início dos tempos.

A mulher é sempre a última a sentar-se à mesa. Por quê? Por que existem, ainda, tantas desigualdades sociais, oportunidades tão distintas no emprego? Por que é que a mulher está sempre em acção? Quando é que a mulher, por fim, descansa? Quando?

Felizmente, e contra todas as adversidades, a sororidade é o que permanece, o que herdamos, o que dedicamos, afinal de contas, umas às outras, e um dos maiores actos de amor. Temos de crer que conseguimos agarrar isso com toda a nossa força — e é também o que este texto significa —, até não ser preciso lutar mais.

> *Com uma cerveja gelada na mão, uma mulher faz novas amigas.*

O livro da Sabrina é realmente especial pela forma como nos enternece e nos enche de orgulho no peito, nos renova a vontade de levar o punho acima da nossa cabeça, como nos permite sentir que há laços que ultrapassam todos os parâmetros da gravidade, da gravidez.

Ser mulher é ser tanta coisa, e é tão diferente para cada pessoa. Estes poemas não se extinguem nestas folhas, atiram-se para as ruas pequenas, para as avenidas grandes, ecoam como um bando de pássaros, livres, em aproximação das nuvens. Mas esses pássaros também sabem quando pousar nas árvores, quando preparar o ninho, quando fugir ao terror, quando procurar a ternura.

Tomara sermos todas assim, um pouco que seja, sempre que nos for possível.

> *A última palavra de uma mulher é um verso desatinado que faz sentido.*

Inês Francisco Jacob
poeta

PRIMEIRO ATO

As entranhas se contorcem durante a grande dor do universo, e nasce a primeira mulher.
Ela sangra antes de chorar.

No palco, uma mulher faz o papel de todas as outras.

Uma mulher descobre-se mulher antes de se olhar no espelho.

Ainda era cedo quando uma mulher abriu os olhos e deu o primeiro passo.

Enquanto toma banho, uma mulher salva o planeta.

Uma mulher não usa maquiagem ou salto alto para dormir.

Uma mulher pede licença com os olhos e recolhe-se em sua concha, até criar uma pérola.

De um universo paralelo, uma mulher assiste a ela mesma acordar e repara na sombra do seu corpo.

Uma mulher vai ao shopping comprar roupa de cama e sai de lá com uma camiseta para a filha.

Uma mulher nasce sabendo como não ser mãe.

Ao entrar na sala de reuniões, uma mulher dá bom dia a todos, que a aguardam ansiosamente.

Do quarto, uma mulher nota a rua ficar mais distante.

Na construção de uma casa, a argamassa é preparada por uma mulher que não sabe fazer bolos.

Uma mulher sai de casa para confessar seus pecados em uma mesa de bar.

Duas mulheres apertam as mãos e fecham o negócio para mudar a vida de pessoas que elas não conhecem.

Uma mulher dança sem coreografia, e nascem mais crianças no mundo.

Com uma cerveja gelada na mão, uma mulher faz novas amigas.

Ao avistar os primeiros prédios de sua cidade natal, uma mulher confere se a chave ainda está no bolso.

Uma mulher escreve um livro durante uma caminhada e cria um filho na fila do caixa.

Uma mulher deita a cabeça no travesseiro e acorda muito tempo depois, amanhã.

ENCENAÇÃO

Uma mulher cruza a linha para encontrar-se.

Uma mulher reconhece a hora de abrir a janela e deixar o vento levar seus pesadelos.

Uma mulher dá à luz um filho que nunca teve.

Ao caminhar na beira da praia, uma mulher investiga as ondas e evoca o tempo de quando era uma sereia.

Uma mulher atravessa o país de norte a sul. Outra permanece vivendo no lugar em que nasceu.

Quando a mãe adoece, as duas pegam o mesmo ônibus de volta para casa.

Os animais de estimação de uma mulher enrolam-se sob seus pés, cantam suas canções e não a abandonam jamais.

Uma mulher experimenta o fogo na língua de outra.

Uma mulher desconfia da sombra antes de se refugiar do sol.

Uma mulher reata o relacionamento sem a ajuda de um aplicativo.

Uma repórter está em uma transmissão ao vivo, mas larga o microfone para ajudar alguém a atravessar a rua.

Duas crianças brincam, mas nenhuma delas supõe que a menina amará o menino alguns anos depois.

Do alto de um prédio de 30 andares, uma mulher com crise de labirintite é confundida com uma suicida.

Depois de perder a sensação das pernas e enrubescer a pele, uma mulher sente mordidas no bico do seio direito.

Em uma cafeteria, um grupo de estudantes não percebe uma mulher de 50 anos tomar café enquanto lê Lygia Fagundes Telles.

Uma atendente do *McDonald's* segura o bebê de uma mulher que preenche a ficha para se candidatar a uma vaga de emprego.

No cargo mais alto de uma empresa, uma mulher sem parentesco com a diretoria contrata mais mulheres.

Uma mulher presta o terceiro vestibular para um curso que ela não quer.

Uma mulher coloca flores em um jarro sobre a mesa, e o perfume fica mais forte quando a casa dorme.

Uma mulher recebe menos do que seu colega de trabalho e faz mais horas extras do que ele.

Uma mulher assiste ao noticiário como quem se depara com uma cena petulante.

Uma mulher desenvolve pouco os bíceps na musculação, e isso repercute no seu direito ao voto.

Uma mulher decora os dez mandamentos enquanto se equilibra na corda bamba.

Uma funcionária do entretenimento de um resort internacional dança salsa com o hóspede estrangeiro. No fim do expediente, vai embora sem tomar nenhuma margarita.

Uma mulher dirige um caminhão articulado, e alguém se refere a ela como *cara*.

APLAUSO

Uma mulher canta *Lady Gaga* como se estivesse se livrando dos espartilhos.

Nua, de braços abertos e olhos fechados, uma mulher se ajoelha em frente a uma sequoia e se apropria do tempo.

Uma mulher cozinha a receita de família, mas não prova o prato.

Uma mulher atravessa o deserto para render-se em nome do que acredita.

Uma mulher pede conselhos à outra, e depois de choros e risadas as duas adormecem de mãos dadas.

Uma mulher com pedras nos rins vence o concurso de beleza.

Uma mulher vê um gato e agacha-se para o gato fazer-lhe carinho.

Uma mulher come uma maçã sob a árvore e não fica saciada.

Após um dia comprido, uma mulher de pijamas come o doce da geladeira com os dedos e deixa o pote sobre a mesa antes de dormir.

No jantar para os colegas de trabalho, uma mulher serve arroz, feijão, bife, brócolis e salada de tomate, conquanto esperassem que ela assasse algo acompanhado de molho béarnaise.

Uma mulher jaz ainda jovem, e sobre seu túmulo ressecam as mesmas rosas vermelhas que ganhava no dia da mulher.

Duas mulheres às janelas de suas casas acenam uma para a outra, e a lua continua minguante.

Durante uma manhã chuvosa, uma mulher nota os móveis da casa mais densos, e o café esfria rápido.

É noite de Natal, e uma mulher pensa em desmontar a árvore antes da ceia.

Uma mulher sabe da outra pelos cabelos.

O passado de uma mulher está guardado na bolsa, e o presente ela passa nos lábios.

Após dúvidas, timidez e medo, torna-se uma mulher.

** Para Elisa Ribeiro*

Uma mulher fecha-se entre paredes brancas até a saudade passar.
Antes do último ato, ela reencontra uma porta.

Uma mulher distingue o pássaro que canta à sua janela a um quilômetro de distância.

A última palavra de uma mulher é um verso desatinado que faz sentido.

BIS

Uma mulher passa talco entre as coxas porque decidiu usar saia e o dia sol suor mais horas agonia em chagas tempo

volta para casa.

Uma mulher senta-se à mesa por último.

Uma música remete uma mulher a um lugar adormecido e cinza que ela esmagou dentro do tempo.

Uma mulher sente dor, esconde as feridas e muda o corte de cabelo.

O fim de semana de uma mulher está programado para o próximo mês.

Uma mulher salta no rio e nada com seus ancestrais.

Como outras Marias, uma mulher reconhece as vezes em que *riu quando deveria chorar* e ri mais uma vez.

Uma mulher é reconhecida sem a prévia análise de sua bunda.

Ao rever o álbum de fotografias, uma mulher sente o cheiro dos brinquedos.

As roupas do varal secam mais rápido porque uma mulher as observa do tanque.

A casa de uma mulher ganha o mundo uma vez ao mês.

Uma mulher tem os olhos tristes e não está desacompanhada.

Uma mulher prova a validade da teoria da relatividade estando em mais de um lugar ao mesmo tempo.

Uma mulher atravessa os cômodos da casa como quem enfrenta inimigos numa guerra.

Uma mulher tem o filho ausente, e o silêncio ganha outro nome.

Uma mulher sabe o tamanho da roupa de quem ela não conhece.

A loucura concentra-se nos dedos de uma mulher.

Quando uma mulher morre, nasce uma comigo-ninguém--pode no lugar.

Em um mundo destruído e devassado, uma mulher brota semente.

Uma mulher estanca o sangue com as mãos para nascer de novo.

[Agradecimentos]

Este livro nasceu enquanto eu fazia uma caminhada, com o corpo quente e a cabeça pegando um vento, na noite de 11/03/2023. Comecei a gravar versos no microfone do fone de ouvido, direto no WhatsApp. Eles foram surgindo de trás das cortinas, juntando-se à minha respiração ofegante, sem planos, sem aplausos. Quase metade deles, naquela noite.

Depois fui buscando cenas no que já li (influenciada claramente por Matilde Campilho, Adélia Prado, Adília Lopes, entre outras), vi, vivi, lembrei e no que vislumbrei, de mulheres reais, imaginadas, futuras, que já se foram, que poderiam ter sido. E que poderiam tanto.

Mas uma ideia não é um livro. Por isso, lancei-a às amigas-escritoras supertalentosas *Paula Giannini, Fernanda Barbetta, Gisele Bohn e Sandra Godinho,* que leram, apontaram, me incentivaram. "Toca ficha", disse a *Adriana Tier*. Minha melhor amiga e irmã, *Priscila,* depois de ler, pensou "na gente". E então o livro tomou sentido.

Acolhido pela amável *Debora Rendelli*, da editora Urutau, para fazer parte desta coleção inesquecível que é a *Quem dera o sangue*, o livro tornou-se livro. Abraçado por duas escritoras que admiro demais — e que também me influenciam —, *Inês Francisco Jacob* e *Lilian Sais*, na apresentação e na orelha, o livro tornou-se obra.

E depois veio a ideia dos marcadores artesanais com os textos. Minha filha *Samantha*, hoje aos 13, talentosa e criativa, elaborou a maior parte deles. A cada texto, uma leitura e uma fita para combinar. O livro foi plantado.

Nesse meio tempo, tanto, tanto disso foi compartilhado, lido com verdade, trocado com amor, com *Elisa Ribeiro*, uma *sister* perdida de outras vidas, que escreve com os pássaros, de um quarto branco (e odeia breguices).

Obrigada de todo o meu coração.

SABRINA DALBELO (1978) é gaúcha e tem pós-graduação na área do Direito. É autora dos livros de poesia *Baseado em pessoas reais* (Poesias Escolhidas, 2017), *Lente de aumento para coisas grandes* (Penalux, 2018) e *Rasga-ossos* (Penalux, 2020), este, finalista dos Prêmios AGES e Açorianos 2021, na categoria poesia. Faz parte dos coletivos As Contistas e Mulherio das Letras.

Foi a escritora homenageada da 36ª Feira do Livro de Bento Gonçalves/RS (2021), ao lado da patrona Natalia Borges Polesso.

HECATOMBE
selo da editora urutau

EDIÇÃO debora ribeiro rendelli
REVISÃO juliana palermo
DIAGRAMAÇÃO victor h. azevedo
PROJETO GRÁFICO E CAPA wladimir vaz
COORDENAÇÃO GRÁFICA tiago fabris rendelli

Dados Internacionais de Catalogação na Publicação (CIP) de acordo com ISBD

D137a Dalbelo, Sabrina

Ab cena / Sabrina Dalbelo. -
Cotia : Hecatombe, 2023.
120 p. ; 13cm x 16,5 cm. – (Quem dera o sangue)

ISBN: 978-65-87938-94-3

1. Literatura brasileira. I. Título. II. Série.

2023-1605 CDD 869.8992
CDU 821.134.3(81)

Elaborado por Vagner Rodolfo da Silva - CRB-8/9410

Índice para catálogo sistemático:
1. Literatura brasileira 869.8992
2. Literatura brasileira 821.134.3(81)

*

*   *

COLEÇÃO QUEM DERA O SANGUE — JUNHO — 2023